KADDISH POUR UN AMOUR

KARINE TUIL

KADDISH POUR UN AMOUR

קדיש לאהבה

poèmes

nrf

GALLIMARD

Extraits cités : p. 9, Paul Éluard, « Dominique aujourd'hui présente », *Le Phénix*, Éditions Seghers, 1951 ; p. 48-49, Louis Aragon, « Poème à crier dans les ruines », *La Grande Gaîté*, Éditions Gallimard, 1929.

À l'Éternel

C'est à partir de toi que j'ai dit oui au monde.

PAUL ÉLUARD,
« Dominique aujourd'hui présente »

Je cherche celui que mon cœur aime.

Cantique des cantiques

Que le Grand Nom soit magnifié et sanctifié.
Que le Grand Nom, source de bénédiction, soit loué à jamais.

(Extrait du kaddish)

KADDISH

קרע
(déchirure)

דמעה
(larme)

יראה
(peur)

שבור
(cassé)

להעלם
(disparaître, cesser d'exister)

אבל
(deuil)

הפרדה
(la séparation)

בוכה
(pleure)

הפסד
(perte)

ק

UN PEUPLE SANS TERRE

Il n'y a plus de lieu sans bruit
Sauf en moi-même
Il n'y a plus d'amour véritable
Tout est faux : ceci est vrai
Tout est vain : aimer, souffrir
Nous sommes un peuple sans nom
Nous sommes un peuple sans terre
Nous recherchons un lieu
Où nous pourrons pleurer

C'est un amour sans sépulture
Dont je suis la mémoire
Tu disais : je te veux pour moi
Et vivre avec toi pour l'éternité

Qui es-Tu ?
Je ne vois que l'artifice
Tu n'as pas d'émotions
Tout est flou, incertain

Et j'ai peur
Comme en terrain hostile
Dans le désert la nuit
Le cri des corbeaux
Est Ta voix

Je veux échapper à Toi
Pour mieux Te retrouver
Quand reviendras-Tu ?
Je ne veux plus
De Toi

Nous sommes un peuple sans terre
Sans avenir
Sans enfants
Un peuple sédentaire
Fixé à rien d'autre
Que cet amour

Et nous restons
Au lieu de fuir
Allant et venant
Dans l'opacité d'un rêve
Qui ne se réalisera pas

KADDISH POUR L'AMOUR

Je ne ferai pas le deuil de notre amour
Je le porterai
Longtemps
Je le porterai
Comme l'enfant qui ne naîtra pas

Démens ce qu'ils disent
De Toi
Défais ce que j'ai bâti
En Ton nom
Délie-moi de Toi
Car je T'aime

Je ne ferai pas le deuil de notre amour
Je veillerai
Sa dépouille
Toute la nuit
Car Tu m'as choisie pour écrire : cela fut

Je ne réciterai pas le kaddish
Pour l'amour défunt
Tu le réciteras seul
Ou avec neuf des Tiens
En plaçant Tes phylactères

Sur Ton front, j'ai écrit :
Béni sois-Tu, Roi de l'univers
Toi qui m'as élue entre toutes les femmes
Pour T'aimer

LE PUR ET L'IMPUR

Béni sois-Tu
Toi qui m'as élue, entre toutes les femmes
Pour T'aimer
Toi qui m'as défaite
Par Tes mots

Prends-moi
Rends-moi impure
Si je ne le suis pas
Qui le sera ?

Béni sois-Tu
Toi qui m'as aimée, entre toutes les femmes
Qui m'as corrompue
Par Tes paroles

Dévie-moi de ma route
Délie mon destin
Prends-moi

Immerge-moi
Dans l'eau dure

Purifie-moi
De Ton amour
Trois fois sous l'eau
Ma tête pleine de Toi

Mens-moi
Dis-moi que Tu es né au monde
Pour moi
Ramène-moi à la surface des choses
Et connais-moi

ME VOICI

Me voici devant Toi
J'ai tourné ma face vers la Tienne
Ô mon Éternel

Me voici dans l'obscurité
De notre chambre
Toi en moi

Me voici nue
J'ai posé mon corps sur le Tien
Et des draps où nous nous sommes aimés
Je recouvrirai les miroirs
De la maison que nous n'aurons pas

Je ne peux plus voir le visage de Celui qui m'aime
Sans pleurer
Les herbes amères j'ai mangé
De Ta bouche

Me voici offerte
Je suis le sacrifice
Accepte-le
Mon Éternel est Un

Me voici déchirée
La lame de Ton couteau
A lacéré mon cœur
Le sang de mon Peuple
Coule en Toi

Me voici tachée
Par Ton amour
Ô mon Éternel
Me voici impure

Et de Ta chemise où je me suis cachée
Pour pleurer
Je ferai des lambeaux
Que Tu porteras pendant sept jours

LE DIXIÈME HOMME

Nous cherchons le dixième homme
Pour réciter le kaddish
Le kaddish de l'amour mort
Qu'il soit béni entre tous les amours

Nous cherchons le dixième homme
Pour réciter le kaddish
Le kaddish de notre amour

Qu'il soit béni entre tous les hommes
Celui qui est mort d'amour
Sans pouvoir
Sans richesse
Nu et seul
Mais il a aimé !
Souviens-toi
De son nom
Saint ! Saint ! Saint !
Est son nom

Le voici
Le dixième homme
Il court
Pour honorer la mémoire
De l'amour mort
Il court
Pour glorifier
La mémoire de ce qui a été
Et ne sera plus
(Ou sera)

Nous sommes là
Pour bénir l'amour
Qui est mort
(Le crois-Tu ?)
Bénir la mémoire
De ce qui a été
Et n'est plus
Mais sera
Ressuscitera
Reviendra
Car il est écrit :
Tu abandonneras ton père et ta mère
Et tu t'uniras à Lui
Jusqu'au jour de la mort

Une femme vient
Elle dit : je serai le dixième homme
Je connais le kaddish de l'amour

Ses bras sont dévêtus
Ses jambes, nues
Qu'elle soit bénie entre toutes
Car elle a aimé
Elle a souffert
Elle a pleuré
Elle a éprouvé :
Le mensonge
La trahison
La cruauté
La ruse
La manipulation
L'abandon
La perte
La folie

Écoute sa prière,
Écoute et répète le kaddish
Que notre amour soit sanctifié

ד

VA POUR TOI

Puisque Tu es parti
Car Tu souffres, dis-Tu
Par ma faute
Moi qui T'aime
Va pour Toi
Lève-Toi et pars
Loin de moi
Va-T'en vers Toi, pour Toi
Et souviens-Toi !
(Zakhor !)
Que je T'ai aimé

Tu dis : c'est toi
Qui as disparu
Mais j'étais là
Contre Toi
À l'ombre du Sinaï
Je priais
Pour que vive notre amour

Je psalmodiais
Une prière pour Ton retour
Tu n'as pas entendu
Où es-Tu ?

Ta voix s'élève : Hineni[1] !
Mais je ne Te vois pas
Où es-Tu, mon amour ?
Je Te cherche partout
Où es-Tu ?
Qui es-Tu ?
Tu es l'absence
L'évaporé
De qui es-Tu le nom ?
Libre comme Ton Peuple
Fier
Rebelle
Dominateur
Et asservi
À l'ineffable amour
Va vers Ta liberté
Va pour Toi

Lekh lekha

1. Le mot hébreu *hineni* signifie « me voici ! ». Ce fut le terme employé par Abraham pour dire à Dieu qu'il était prêt à répondre à Son appel.

KADOSH

Kadosh ! Kadosh ! Kadosh !
Est notre amour
Trois fois saint
Trois fois maudit
Debout, je dirai Ton nom
Tête nue

Saint ! Saint ! Saint !
Est notre amour
Béni soit-Il
Celui qui m'a aimée
(Mais mal)

Fais-le entrer
Dans le Saint des saints
Cet amour
Maudit
Interdit
Offre-le en sacrifice

Purge-le
De mes larmes
Je n'ai pas le droit de Te toucher
De Te parler
De T'aimer
Tu m'as répudiée
Je T'ai excommunié

Nous sommes les lettres
Qui ne se rencontrent jamais
Saintes et sacrées

גט[1]

1. Le mot *guet* symbolise l'acte de divorce en hébreu. Ce mot n'apparaît jamais dans le texte biblique.

EXÉGÈSE

Tu as dit : j'ai posé mon regard sur toi et je t'ai reconnue
Moi je ne Te connais pas
Tu as dit : je comprends tes yeux
Mais de Toi je n'ai rien compris
Il me fallait : des commentaires
Le texte était opaque
Kabbalistique
Mystique
Érotique
Je ne décode pas Ta loi
Quels sont Tes commandements
Quels sont Tes interdits
Je ne parle pas Ta langue
Pourtant, fille de Ton Peuple
Qui es-Tu ?
Où es-Tu ?

Tu as dit : tu es mon identité
Et je T'ai cru

J'ai bu Tes paroles
Le lait noir
De l'abandon
Exégète de Ton amour amer
J'écris Ton nom

Tu as dit : tu es ma femme
Et je T'ai cru

Viens et étudie
Je suis Ton texte
Je suis Ta langue
Je suis Ta mémoire
Je suis Ton Peuple

Écoute Israël
C'est moi qui questionne
Où es-Tu ?
Qui es-Tu ?

Comme l'Éternel,
Tu as dit :
Je serai ce que je serai

RÉSURRECTION

Tu m'as bannie
Du jour au lendemain
Pour un crime que je n'ai pas commis
J'ai rejeté Ta loi
Je m'y suis opposée
J'ai dit : je ne crois plus
En Toi

Tu m'as punie
Car Tu es ainsi, fils d'Israël
Sans miséricorde
Sans amour
Sans remords
Sans tendresse

Ferme mes yeux, ma bouche,
Étends mes jambes et mes bras
Place mes mains le long de Ton corps
Retire mes bijoux

Recouvre-moi d'un drap blanc
Enveloppe-moi d'un linceul
Brodé de l'étoile de David
Ne m'écoute pas pleurer
Allonge-moi sur le sol
Corps orienté vers Toi
Veille-moi si Tu ne m'aimes pas
Réveille-moi si Tu m'aimes
Qui constatera
La mort de l'amour ?
Qui fixera
Sa dernière heure ?
Personne

Convoque les juges d'Israël
Qui ont condamné notre amour
À mort
Supplie-les
Corromps-les
Achète leur mansuétude
Leur sentence me tue
Qu'ils descellent le sort
Et me sauvent du néant
Où me jette Ton silence

Ranime l'amour
De Ta bouche à ma bouche
Si Tu échoues
Inhume-le de Ton souffle
Comme Tu l'avais promis

Devant l'autel
À Jérusalem
Ou sur le mont du Temple
Afin qu'il ressuscite

ÉLECTION

J'ai porté le deuil pendant sept jours
Quand Tu as disparu

Fuir quoi ?
L'amour vrai

J'ai déchiré ma chemise
Mais je n'ai pas pleuré
Car je savais que Tu reviendrais
Tu disais : je suis l'homme qui revient toujours
Je T'attendais

Tu es l'homme qui efface
Ce qui a été
Du jour au lendemain
Par peur ou par jeu
Par amour et par ruse
Par vengeance
Par orgueil
Goût de la solitude

Je prie
(Pour que Tu reviennes)
Je prie
(Pour que Tu m'aimes)
Élis-moi

ל

YIHOUD[1]

Ainsi qu'il est écrit
Nous sommes séparés
Nous n'avons pas le droit
D'être ensemble
Dans un même lieu
Tu as fermé la porte
Brutalement
Nous pourrions nous aimer
C'est interdit
Faire l'amour
C'est interdit
Nous blesser

Embrasse-moi
Sous le talith
De Ton père

1. Dans la loi juive, le *yihoud* est l'interdiction, pour un homme et une femme, de s'isoler.

(Que son nom soit béni)
Dans le désert ouvert
À l'est de la Judée
Nos mots sont des frontières

Sépare-Toi de moi
Ne restons pas seuls
Dans cette chambre froide
Où gît notre amour
Enveloppé du linceul
De mon père
(Béni soit son nom)

GÉOGRAPHIE DU CHAGRIN

Je parcours une terre humide de larmes
Je savais qu'il y aurait une fin
Tu disais : je t'aime pour l'éternité

Je me retire du monde
Je savais qu'il y aurait un départ
Tu disais : je ne suis bien qu'avec toi

J'habitais Ton corps
Je savais qu'il y aurait une rupture
Tu disais : je serai toujours près de toi

Je vis dans un désert
Je savais qu'il y aurait un retrait
Tu disais : je n'ai jamais aimé que toi

Pars et ne reviens plus
Car Tu as trahi la Parole

PROCÈS-VERBAL DE TA DISPARITION

Tu allais et venais dans ma vie
Tu étais chez Toi en moi
Et un jour, Tu as disparu

J'ai déclaré la disparition de Ton amour
À la police
Qui a dit : il est libre
Il peut partir
Disparaître
Ne jamais revenir
Vous n'êtes rien
Pour lui

Vous n'êtes pas sa femme
Pas sa mère
Pas sa sœur
Pas sa fille
Pas son amie
Et j'ai dit : je suis de Son Peuple.

ÉROUV[1]

Clôture notre amour
De mots
Pins d'Irak
Entoure-le d'un érouv
Restons seuls
Délimite la frontière
De notre amour
Qu'ils n'entrent pas
Dans cet espace
Pour Toi et moi
Tu as sanctuarisé ma vie
Souviens-Toi de nous
Établis une ligne
Entre eux et nous
Ce qui est interdit
Devient permis
Je suis à Toi
Dans le pays de nos Pères
où Tu as promis de vivre
Et de m'aimer
Car hors de l'érouv
Nous sommes désunis

1. Un *érouv* est une clôture qui permet de séparer le domaine public du domaine privé.

ש

JE N'AI PAS D'AUTRE TERRE QUE TOI

Je T'ai dit : Tu es ma terre promise
Partons ensemble
Je recevrai
Ta Loi

Et Tu as ri
(Nous ne sommes pas partis)
(J'ai pleuré)
(Tu as pleuré)

Je T'ai dit : emmène-moi
Sur cette terre compromise
Ainsi qu'il est écrit :
Tu la prendras et Tu la connaîtras

Je n'ai pas d'autre terre que Toi

PERSONNE

Nous n’enterrons plus nos morts
Nous n’embrassons plus les vivants
Qui viendra nous consoler
Personne
Qui viendra nous toucher
Nous aimer
Personne
Nous mourrons seuls
Dans des lieux fermés
Fuir quoi

La mort / La peur / La confusion
La dépendance / L’égoïsme / La violence
La sidération / La solitude / Le chagrin

Nous ne donnons plus la vie
Nous oublions les morts
Nous crachons sur les vivants
Crachons, dit le poète

Sur ce que nous avons aimé ensemble
Crachons sur l'amour
Je lisais Aragon
Quand Tu as disparu
Je lisais
Je pleurais
Ainsi qu'il est dit : tu pleureras Celui que tu aimes
De tout ton cœur
Et de toute ton âme
Jusqu'à ce qu'Il revienne

L'ARBRE DE JUDÉE

Tu es mon arbre de Judée
Dans la forêt française
Nul ne sait qui Tu es
Multiple
Comme Ton Peuple

Je lis en Toi
Depuis le jour où Tu m'as dit :
Tu es Tout
Berger guidant les Valeureux
Fils d'Israël
Héros juif
Ton idéal est le mien

Je suis Ton arbre français
Dans le désert de Judée
Tu ne sais pas qui je suis
Duelle
Comme la Loi

Tu lis en moi
Prophète en mon pays
Quand Tu disais :
Nous repeuplerons cette terre
D'un couple amoureux

NÉGUEV

Nous avons un passé sans souvenirs
Un présent sans avenir
Je croyais que Tu serais là
Dans les montagnes que nous avions élues
Tu avais écrit : je rayonnerai sur le Néguev et je te retrouverai

Je T'ai cru
Je suis partie
Mais Tu n'étais pas là
Quand je suis arrivée
De nuit
Depuis Jérusalem
Et à l'aube non plus
Je ne T'ai pas trouvé
Je T'ai cherché
Dans le désert brûlant
Je T'ai appelé
Tu n'as pas répondu

Chante pour moi
La fin de l'esclavage
La sortie du deuil
Had Gadya[1]
Je suis le cabri et Tu es le chat
Tu es la plaie
La Loi
Le crime et la rédemption
Tu es le sang mêlé à l'eau
L'arme et la protection

J'ai entendu Ta parole
Dans un lieu vicié par le déni
J'erre ainsi dans le Néguev
Dévastée par Ton absence
Je pleure un roi déchu
Et je suis seule
Face à l'Éternel
Implorant Sa clémence
Car je T'ai aimé

1. *Had Gadya* est un chant traditionnel en araméen entonné lors de la soirée du seder de Pessah.

ל

LE LAIT DE LA DÉTRESSE HUMAINE

Tu m'as fait boire le lait de la détresse humaine
Le lait amer de l'abandon
Tu m'as intoxiquée de Ton amour

Personne ne m'a fait boire le lait de la tendresse humaine
Le lait sucré de la confiance
Je suis restée debout
Quand Tu T'es éloigné
Je voulais que Tu reviennes
Que Tu me voies fière
Comme ce Peuple
Que Tu disais aimer

Ton être est déchiré
Par tes identités multiples
Qui es-Tu ?
Il y a en Toi un homme et un enfant
Un dieu et un diable
Un saint et un fou

Hubris
Narcisse
Un vide
Au-dessus duquel
Je me suis penchée

Qui T'a fait boire le lait de la détresse humaine ?
J'ai vu Ta fêlure
Ta faille
Ta blessure

Je pleure sur le linceul de notre amour
Sans fleurs
Sans témoins
Sans minyan
Il n'y a qu'une pierre
Gravée de ces mots : אהבה[1]

1. *Ahava* : « amour », en hébreu.

LE KADDISH

Notre amour est notre enfant : le kaddish
Celui qui sanctifiera son nom
Est déjà mort

Je récite le kaddish
M'entends-Tu ?
Diras-Tu Amen ?
Magnifié et sanctifié soit Ton nom
Dans le monde que Tu as créé selon Ta volonté

LES PENCHANTS DU CŒUR

La tête est au-dessus du cœur
Dit la Kabbale
Raisonne-toi
Méfie-toi
Des penchants du cœur
Vers la déroute
La folie
L'inquiétude
La jalousie
La peur de Te perdre
Ne les laisse pas
Te dominer
Renonce
Refuse
Abdique
Ne cède pas
À l'étreinte du temps

Viens
Ta tête au-dessus de mon cœur

IL N'Y A PAS D'AUTRE AMOUR

Noie-moi
Dans l'eau trouble
De Ton amour
Cruel
Vindicatif
Toxique
Hostile
Agressif
Punitif
Répulsif
Désincarné
Coercitif
Corrosif
Dépréciatif
Vengeur

Il n'y a pas d'autre amour

MÉRENCONTRE

Tu disais : nous nous sommes trouvés
Je n'attendais que toi
Tu es mon évidence
L'amour indéfectible
Je me souviens de tout
Quand Tu as disparu
J'ai pensé à Buber

Nous sommes la mérencontre
Car j'ai souffert
Tu as eu mal
Je me suis cachée
Pour pleurer / implorer
Ton retour

Et Tu es revenu
Mais j'ai compris
Que rien ne dure
Rien n'est éternel
Sauf le Peuple, la terre, le saint Nom

א

א

C’est un petit peuple
Qui survit aux épreuves
Qui ne renonce jamais
À sa Loi
Un grand peuple
Qui se dresse
Face à l’adversité
Et se tient droit
Toi et moi réunis

C’est un amour instable
Qui va et vient
Mais ne s’éteint jamais
(Le’haïm !)
À la vie
Un grand amour
Qui renaît
Dans l’épreuve
Et s’élève

S'éclaire
Iridescent
Une lettre dans la nuit
א
L'unité

L'ALLIANCE

L'Éternel dit à Son Peuple : Ne vous tailladez pas
Restez unis
Tu as rompu l'alliance
Tu T'es coupé de moi
Tu n'as pas cru que je T'aimais
Mystificatrice
Joueuse
Tu doutais de moi comme de l'Éternel
Et je priais
Pour que Tu voies en moi
Ta révélation

Mais j'avais peur
J'avançais craintive
Comme un chat sauvage
J'ai léché mes plaies

De quelle douleur es-Tu le nom ?
De quelle absence ?

J'ai lu en Toi
Je connais la langue de la blessure
Ma mère l'a parlée
Et me l'a apprise

SAINT DES SAINTS

Tu auras été :
Le vœu qui meurt
La promesse qui s'éteint
L'amour trahi
La violation du Saint des saints

ה

LE PEUPLE D'ISRAËL EST VIVANT

Je suis partie
Dans un kibboutz du Néguev
Je cultive la terre de Tes mains
Je bénis les eaux de Ta bouche
Tes yeux sont pleins de mes larmes
Je suis encore debout
Au milieu des champs d'oliviers
Et des figuiers de Barbarie
Sur la terre de nos Pères
J'attends Ton retour
En moi
Le peuple d'Israël est vivant

SANCTIFICATION DU NOM

Expie mes fautes
Sanctifie mon nom
Souffre
Mais ne maudis jamais l'amour
Qui T'a été donné
Pour rien

Ne renie pas
Ce qui a été
Saint, saint, saint était notre amour
Vrai et sacré
Comme la Parole

ENSEMBLE / SÉPARÉS

Nous ne pouvons pas être ensemble
Nous ne pouvons pas être séparés

Nous sommes un danger
L'un pour l'autre
Deux terres colonisées
En guerre
Tu es le couteau
Le missile
Tu fais mal
Mais c'est Toi qui dis :
Tu es la violence et la douceur
La délicatesse et la brutalité
Avec toi, je suis dévasté

Nous sommes une menace
Qui se réalise
Deux âmes arrachées
À l'absence

Tu es l'arme
La griffure
J'ai mal
Et c'est Toi qui reproches :
Tu fais souffrir
Tu es la caresse et le coup
Tu ne sais pas aimer

Mais c'est Toi qui joues
C'est toi qui blesses

Nous ne pouvons pas être ensemble
Nous ne pouvons pas être séparés

SELON LA LOI

Je te quitte
Je Te laisse
Je te répudie
Je T'abandonne

Qui prononcera les mots de la séparation ?
Selon la Loi, c'est Toi

Dis-moi
Que Tu me quittes
Que Tu me laisses
Que Tu me répudies
Libère-moi de Toi
Puis reviens-moi

JE SUIS TON PEUPLE

La vérité ne se manifeste pas dans l'amour
Elle change
Ondoie
Vacille
Et se corrompt

Crois en ce que Tu vois
Regarde-nous
Je suis la présence
Toi, la disparition
Je ne vis pas chez Toi
Mais en Toi, pour Toi

De moi Tu ne sais rien
Tu n'écoutes pas
Tu ne lis pas
Tu as créé une illusion
Utile fiction

Regarde-moi
Je ne faiblis pas dans l'épreuve
Toi, Tu vas, viens
Tu T'agites

Tu ne sais pas où est Ta joie
Ce ne sont pas les enfants (ils Te quitteront)
Ce ne sont pas les femmes (elles Te quitteront)
Ce n'est pas la vie (elle Te quittera)
Ton Peuple sera Ta joie
Et je suis Ton Peuple

IL FAUT RENTRER À LA MAISON

Il pleut sur Ein Gedi
C'est la première fois
Que je vois le désert humide
La rosée du matin
De simples gouttes
Sur la mer Morte
J'ai imploré Ton départ
Je ne Te reconnais plus
Je veux être cet oiseau
(Noir comme mon âme)
Libre sur sa branche
En équilibre et stable
Mais il peut s'envoler
Partir loin
Et ne plus jamais revenir
Il reviendra
Pour la terre
Par amour (peut-être)
Il reviendra

Le retour est inscrit en lui
Retour à soi
Retour à Sion
Retour aux siens
Il s'élance
Connais-Tu la corruption de l'absence ?
Viens
Partons ensemble
Il faut rentrer à la maison

UN VIDE

J'ai fait le vœu que Tu reviennes
(Tu n'as rien à offrir, rien à donner)
J'ai fait le vœu que Tu disparaisses
(Tu es le vide qui ne dit pas son nom)

Il y a ce gouffre entre nous
Nous ne savons pas aimer
Tu disais :
Je veux vivre avec toi
Pieds nus
Sur la terre d'Israël
Tu disais
Je te veux pour toujours
Je t'aime pour l'éternité

Dans la moiteur du Néguev
Sous le soleil de Judée
Je voulais me brûler
Par amour pour Toi

ב

NOTRE MOMENT VIENDRA

Il n'y a que les montagnes et moi
Le silence
L'absence
J'écris Ton nom
Partout la clôture me rappelle
Que nous sommes séparés
Tu disais : notre moment viendra

Il pleut sur le Néguev
Une fois l'an
Le ciel pleure
La parole trahie
Je ne sais pas aimer hors d'ici
Dans ce petit désert
Loin de Toi
J'écris : la rétraction
Et la brisure des vases
La lumière n'entre plus
Car Tu T'es retiré

Et avec Toi l'amour
Voici l'exil
La neuvième plaie :
L'obscurité

Qui pleurera la destruction
D'un couple qui s'aimait ?

LA VALLÉE DES LARMES

Je traverse en riant la vallée des larmes
J'écris pour ne pas avoir peur
J'implore un Dieu de miséricorde
Pour que cesse mon chagrin

Tu disais : tu es mon Unique
J'avais envie de croire aux mythes
J'aimais Tes récits

Racontez-moi une histoire, disait Brodsky à Hikmet,
Qui finit bien

NOTRE AMOUR EST VIVANT

Nie la fin de l'amour
Ramène-le à la vie
Ne reconnais pas la perte
Ne constate pas la mort
De ce qui a été

Ce n'est pas le réel
Mens-moi
Pour me préserver
Dis-moi que ce n'est pas fini
Dis-moi que je Te retrouverai
Dans les ruelles de Jérusalem
Avant la prière du soir
La venue du Messie
Notre amour est vivant

LE VRAI ET LE FAUX

Il y avait la mort entre nous
Le sang et les larmes
Tu disais : tu as illuminé ma vie
Ne t'éloigne pas de moi

Il y avait l'épreuve
Le mensonge et les armes
Je répétais : Sois vrai
Ta vérité n'est pas la mienne

Tu disais : tu es ma vie
C'est toi que j'aime
C'était l'amour
Que Tu aimais

Qui peut savoir
Ce qui est vrai ou faux
Durable ou éphémère
Qui sait

Si l'amour durera
Personne ne connaît
L'heure de sa mort
Ni celle d'un amour
Mais du mont des Oliviers
Où il est inhumé
Dix hommes récitent le kaddish
Auquel je réponds
Car j'ai été aimée
Et je T'ai aimé

DU VIVANT DE LA MAISON D'ISRAËL

Tu as dit Il est temps de rentrer à la maison
Mais Tu ne bougeais pas
Je T'observais, inerte
Dire l'amour d'un Peuple
Sans jamais l'éprouver

Du vivant de la maison d'Israël
J'attendrai Ton départ
J'écrirai les mots des poètes
Que la terre n'oublie pas
Que le monde ne lit plus
Il y a les armes et la prière
Les mots et la bénédiction

Tu es mon Peuple
Éternellement debout

RÊVE

Viens en rêve
Il y a la mer
Les montagnes
Nos enfants
Il y a la Loi
Le désert
Et l'Éternel ton Dieu

Interprète-moi
Dans Ton sommeil
Au réveil, je Te cherche
Où es-Tu ?

SHIVA[1]

Je suis en deuil
(De notre amour / De Toi)
Je suis en deuil
(De ce qui n'existe pas (de ce qui n'a peut-être jamais existé))
J'ai recouvert tous les miroirs
De la maison
Que nous n'habitons pas

Je ne travaille plus
Je n'écris pas
Je ne porte pas de chaussures de cuir
Je n'ai pas de rapport sexuel
Je n'étudie pas
Je ne salue personne
Je ne souris pas
Je ne chante plus

1. Dans le judaïsme, la *shiva* est la période de deuil de sept jours observée après les funérailles.

Je n'écoute pas de musique
Je lis des psaumes
Et le Livre des Lamentations
En pensant à Toi

Ton amour a vécu
Son esprit m'habite
Tu es mon dibbouk
Va-t'en
Sors de ma tête
Mon cœur est affligé

Je récite le kaddish de l'endeuillée
Je sanctifie le nom de l'Éternel
Je sanctifie Ton nom
Je sanctifie notre amour (~~perdu~~ / éternel)

Que peut le Nom divin
Face à la perte
Qui consolera
Celui qui est en deuil de l'amour
Personne
Ainsi qu'il est dit : souviens-toi que cet amour est né poussière et qu'il retournera à la poussière

ה

IL Y AVAIT UN DÉSERT

Il y avait un désert
Où nous devions vivre
Nous avions réservé
Un aller sans retour
Nous avions cru
À un avenir possible
Dans un pays de fous

Tu n'as pas pris la route
Qui mène à Jéricho
Tu as dit : j'ai eu peur
De cet amour
Tu étais le danger
Toi seul étais armé
Tu attribuais à l'autre
Tes propres défauts

Il y avait une terre
Pour Toi et moi

Tu m'avais promis
Un avenir
Il y avait un livre
À écrire
Et j'ai gravé Ton nom
Sur le fronton de ma maison

LA PRODUCTION DE L'AMOUR

Avec toi j'ai découvert l'amour
Moi, le déni
Tu n'acceptais pas le réel
Tu l'esquivais
Je suis fille de la fiction

Tu disais : je pense à toi tout le temps
Mais tu ne pensais qu'à Toi
J'appliquais Ta loi
Tes commandements
Mécaniquement
Ouvrière à la chaîne
Dans mon établi
Répétant les mêmes gestes
Pour produire Ton amour
Jusqu'à épuisement

TU CHOISIRAS LA VIE

Tu étais mon Peuple
Homme à la nuque raide

Tu étais la mélancolie
L'œil éteint
Blessé
Agressif
Perturbateur

Tu étais la solitude
Une absence
Retiré
Érosif
Mon malheur

Tu étais la vie

(Et la mort)

J'ai choisi la vie

PARDÈS[1]

Au premier niveau, il y a l'amour
Littéralement : je t'aime
Au deuxième, le manque
Sens allusif
Agressif
Émotif
Sollicité :
Le sens caché de Tes silences
Au quatrième niveau, il y a l'absence
Le sens secret
D'un être essentialisé
D'un amour sans commentaire
Ésotérique
Érotique

1. *Pardès*, qui signifie littéralement « jardin », « verger », en hébreu, s'apparente au mot « paradis ». Il est l'acrostiche des quatre techniques interprétatives de la Bible : *Pshat* (sens littéral), *Remez* (sens allégorique), *Drash* (sens recherché) et *Sod* (sens secret).

Métaphysique
Liturgique
Mon paradis

DEUX FOIS TON NOM

J'énonce deux fois Ton nom
Pour Te rappeler à moi
Comme l'Éternel a dit
Abraham ! Abraham !

J'énonce deux fois Ton nom
Car Tu es double
Il y a le sage et le fou
Le doux et le cruel
Lequel es-Tu
Quand Tu dis : me voici

TU ES MON ARME

J'ai substitué l'amour d'une terre
À celui d'un homme qui ne savait pas aimer

Je n'ai plus peur
J'avance à l'aube
Sans masques
Le vent brûlant du Néguev
Gifle ma peau
Tu es mon horizon
Mon âme vivante
Tu es le souffle
De Ta bouche à la mienne
Je suis Ta femme
(Je ne serai jamais à Toi)

Je n'ai plus peur
Je marche de nuit
Sans lumière
Le vent froid du Golan

Griffe mon âme
Tu es mon arme
La vie promise
Tu es le couteau
De Ta main à mon cœur
De Ta main à ma tête
Je suis Ton double
(Je ne serai jamais à Toi)

Tes ennemis sont les miens
Ils disent Il ne peut pas aimer
Ils disent Méfie-toi de lui
Tu es la proie et lui, le prédateur
Tu es le jouet et lui, l'enfant
Ils ne savent pas qui je suis
Peuple à la nuque raide
J'avance sans crainte

Partons
Soyons droits
Soyons ensemble
Défions-nous
Marchons main dans la main
Dans le Néguev silencieux
Toi et moi
Sous le talith tendu
Il n'y a rien
Que nos souffles

Envoie-leur une photo
De nous
Et écris : voici l'Amour

CELA AUSSI PASSERA

Je suis faite pour ce lieu, cette vie, ces montagnes
Je suis faite pour ce silence
Je peux vivre sans Toi
Il n'y a que le désert
Et les mots
Qui a besoin de plus pour vivre ?
Le monde est plein de Toi
Je ne suis rien
Face à l'immensité
Je suis la pierre
Posée sur la tombe
Un signe :
Elle est venue
Se recueillir
Elle est passée

Souviens-Toi
Que je T'ai aimé
Je ne suis qu'un nom

Agité de chagrin
Un livre qui s'écrit
Sans Ton amour
Le livre brisé
Et celui de la perte

Restons unis

Je suis un corps
Au-dessus du vide
Comme je l'étais
En dessous de Toi
En deuil de nous
Cela aussi passera

LITURGIE

À Toi, ô mon Dieu, mon désir ; à Toi, ma passion
et mon amour ;
À Toi, mon cœur et mes reins ; à Toi, mon esprit
et mon âme.
À Toi, mes mains ; à Toi, mes pieds ; elle vient de
Toi, ma structure ;
À Toi, ma personne ; à Toi, mon sang, ma peau
avec mon corps.
À Toi, mes yeux et mes pensées, ma forme et
mon image ;
À Toi, mon esprit ; à Toi, ma force, ma confiance
et mon espoir.

ABRAHAM IBN EZRA,
Extrait de la prière de Kippour

PRIÈRE DU MATIN

Je n'ai pas supporté l'épreuve
De Ta perte
Souviens-Toi, en notre faveur, de notre amour
Souviens-Toi, en notre faveur, de notre alliance
Souviens-Toi, en notre faveur, de nos paroles
Prononce, en ma faveur, un jugement d'amour
Répands Ton désir sur moi
Ne me traite pas selon mes erreurs
Sois clément
Considère-moi avec bienveillance
Que Ton amour me parvienne
Et inonde ma vie

Inscris-nous dans le livre des vivants
Inscris-nous dans le livre de l'Amour
Inscris-nous dans le livre du retour
Reviens-moi

ANNULATION DES PROMESSES

Tu respecteras ce que tes lèvres exprimeront, dit la Loi
Tu as trahi la parole
Le vœu
La promesse
Le serment
Dans le tribunal, j'attends que trois juges les annulent et disent :
Vous êtes déliés
Vous êtes pardonnés
Vous êtes autorisés
Il n'y a plus ni vœu, ni serment, ni promesse
J'annule Tes engagements
Je transformerai pour Toi la malédiction en bénédiction
Car je T'aime

TÉHILIM

Arme-moi
Contre Toi
Défends-moi
De Toi

Je récite les psaumes
Contre la faiblesse
Contre la peur
Contre tout chagrin
Contre les douleurs du cœur
Pour inspirer Ton amour

Garde-moi car en Toi j'ai trouvé refuge
Ne T'éloigne pas de moi
Car Tu es ma force
Vers Toi, j'élève mon âme
En Toi, j'espère
Tu es ma lumière et mon salut
Ma terre et mon identité
Mon Peuple au cœur égaré

PRIÈRE DE L'APRÈS-MIDI

(*debout, pieds joints, à voix haute*)

Souviens-Toi de nous pour la vie
Inscris-nous dans le livre de la vie
Bénis-nous, ô Éternel, bouclier d'Abraham

Regarde ma détresse
Défends ma cause
Qu'Il revienne et m'aime
Qu'Il récite le kaddish pour l'amour
Défunt
Qu'Il récite et pleure
Sur le linceul
De celle qui L'a aimé
(Qu'Il a aimée)

LE LIVRE DE L'AMOUR
(ET DE LA VIE HEUREUSE)

Nous sommes coupables
Nous avons aimé
Nous avons trahi
Nous avons été iniques
Nous avons menti
Nous avons dévié
Pardonne-nous
Pour toute faute commise
        Par amour
        Par désir
        Volontairement
        Par l'aveuglement du cœur
        Par erreur
        Par inconscience
        Par passion
Sans pouvoir rien faire d'autre que sombrer et subir
Aie pitié de nous
Annule les mauvais jugements
Efface nos fautes

Inscris-nous dans le livre de la vie heureuse
Inscris-nous dans le livre de l'Amour
Souviens-Toi que nous nous sommes aimés

PRIÈRE DU SOIR

(*debout, pieds écartés, à voix basse*)

Exauce-nous, Dieu de nos Pères
Que nous soyons ensemble
Pour l'éternité

PSAUME

Tu es mon berger,
Je traverse la sombre vallée de la mort de l'amour
Mais je ne crains rien
Car loin de moi
Tu seras avec moi
Ton souvenir sera mon réconfort
Que la joie m'accompagne
Jusque dans la maison d'où Tu m'as chassée

SOUVIENS-TOI

Fais-moi revenir vers Toi, ô mon Éternel, et je reviendrai
Renouvelle pour nous le temps de l'amour
Sois béni, ô mon Éternel,
Qui aime son peuple Israël

Souviens-Toi de nous
Du temps où l'eau n'était pas sang
Du temps où allongés nous disions
Je n'ai jamais aimé comme je t'aime

PRIÈRE POUR TON RETOUR

Béni sois-Tu, l'Éternel, qui m'as fait vivre cet amour,
Béni sois-Tu, Roi de l'univers, qui nous as unis,
Lui et moi, pour Te servir, selon Ta volonté,
Entends ma prière,
Qu'Il revienne et m'aime comme au jour où Il m'a dit :
Tu es mon amour
Ma vie
Mon éternité
Qu'Il revienne et m'aime

Au jour de la vie, au jour de la mort
Qu'il soit à mes côtés,
Roi de mon univers,
Bénis-le car je L'ai choisi entre tous les hommes
Bénis-le car Tu L'as élu pour m'aimer
(Me trahir)
(Me blesser)
Devant Toi, l'Éternel
Je serai Sa femme

Béni sois-Tu, mon Éternel, qui m'as enveloppée de Ton amour
Béni sois-Tu, Roi de mon univers, qui as illuminé ma vie
Toi et moi, réunis, selon Sa volonté,
Entends ma prière,
Reviens !
Aime-moi comme au jour où Tu m'as dit :
Tu m'as fait découvrir l'amour
Comme au jour où Tu m'as écrit :
Je n'ai jamais aimé comme je t'aime

Je prie – nuit et jour je prie pour Ton retour

שמע ישראל ה' אלהינו ה' אחד
Écoute Israël, l'Éternel est notre Dieu, l'Éternel est Un

Prière du matin, du soir
Entends-moi,

Écoute Israël, Mon Éternel est mon dieu, mon amour est Un

Ma prière a été entendue
Un jour, Tu es revenu
Tu as dit : rien ne pourra nous séparer

Et nous sanctifierons l'amour
Qui renaîtra de notre vivant
Et mourra avec nous

(kaddish)

יתגדל ויתקדש אהבה גדולה
Magnifié et sanctifié soit le Grand Amour

Paris-désert du Néguev

L'érouv de la page 45 est composé à partir du verset de la Genèse 2,18 :

ו'אמר ה' אלה'ם לא טוב ה'ות האדם לבדו אעשה לו עזר כנגדו

dont la traduction est : « Dieu dit : “Il n'est pas bon que l'homme soit seul : je veux lui faire une aide qui soit semblable à lui.” » La traduction usuelle de ce passage est généralement une aide « face à lui » (Bible du rabbinat français) ou « semblable à lui » (« Bibliothèque de la Pléiade ») mais le mot *negued* en hébreu signifie plutôt « contre », ce qui amène Rachi, le célèbre commentateur français de la Bible, à formuler l'explication suivante : si l'homme le mérite, elle sera une aide face à lui, mais s'il ne le mérite pas, elle sera contre lui.

Les poèmes de « Liturgie » sont librement inspirés du rituel de Kippour ; *Téhilim*, des psaumes écrits majoritairement par le roi David et utilisés dans le rituel de l'ensemble des prières de la tradition juive.

P. 115, « Écoute Israël, l'Éternel est notre Dieu, l'Éternel est Un » : Deutéronome, 6,4.

יתגדל ויתקדש שמה רבא יהא שמה רבא מברך לעלם ולעלמי עלמיא

Que le Grand Nom soit magnifié et sanctifié Que le Grand Nom, source de bénédiction, soit loué à jamais.

KADDISH

LITURGIE

DE LA MÊME AUTEURE

POUR LE PIRE, Plon, 2000 *(Pocket, 2002)*.

INTERDIT, Plon, 2001 *(Pocket, 2003)*, rééd. Grasset, 2010 *(Le Livre de Poche, 2012)*.

DU SEXE FÉMININ, Plon, 2002 *(Pocket, 2004)*.

TOUT SUR MON FRÈRE, Grasset, 2003 *(Le Livre de Poche, 2005)*.

QUAND J'ÉTAIS DRÔLE, Grasset, 2005 *(Le Livre de Poche, 2008)*.

DOUCE FRANCE, Grasset, 2007 *(Le Livre de Poche, 2008)*.

LA DOMINATION, Grasset, 2008 *(Le Livre de Poche, 2010)*.

SIX MOIS, SIX JOURS, Grasset, 2010 *(Le Livre de Poche, 2011)*.

L'INVENTION DE NOS VIES, Grasset, 2013 *(Le Livre de Poche, 2014)*.

L'INSOUCIANCE, Éditions Gallimard, 2016 *(Folio, 2018)*.

LES CHOSES HUMAINES, Éditions Gallimard, 2019 *(Folio, 2021)*. Prix Interallié 2019, prix Goncourt des lycéens 2019.

LA DÉCISION, Éditions Gallimard, 2022.

Composition : Nord Compo
Achevé d'imprimer par Normandie Roto Impression s.a.s.
En janvier 2023
Dépôt légal : janvier 2023
Premier dépôt légal : décembre 2022
Numéro d'imprimeur : 2300075

ISBN : 978-2-07-300035-4 / Imprimé en France

597821